Puedes consultar nuestro catálogo en
www.picarona.net

EL ZOOHABLADOR. LA INVENCIÓN QUE CAMBIÓ LA HISTORIA
Texto e ilustraciones: Sergio Olivotti

1.ª edición: mayo de 2019

Título original: Lo Zoablatore. L'invenzione che cambiò la storia

Traducción: Manuel Manzano
Maquetación: Montse Martín
Corrección: Sara Moreno

Edita: Picarona, sello infantil de Ediciones Obelisco, S.L.
Collita, 23-25. Pol. Ind. Molí de la Bastida
08191 Rubí - Barcelona
Tel. 93 309 85 25 - Fax 93 309 85 23
E-mail: picarona@picarona.net

ISBN: 978-84-9145-267-6
Depósito Legal: B-6.959-2019

Impreso por Grafica Nappa s.r.l.
Aversa (Ce)

Printed in Italy

FSC
www.fsc.org
MIXTO
Papel procedente de
fuentes responsables
FSC® C019770

Sergio Olivotti

EL ZOOHABLADOR

La invención que cambió la historia

Picarona

Encima: Busto del profesor Beland.
La inscripción del pedestal reproduce el célebre poema *Qué bello sería*.

INTRODUCCIÓN
El origen de un mito

A 1954 se remonta la ya mítica Convención de El-
bresaus, durante la cual el célebre profesor Beland
anunció la recuperación, después de un siglo de olvi-
do, del *Códex Moclob*, tratado científico-biográfico
que recoge la inmensa cantidad de dibujos y argu-
mentaciones científicas de Pico de Articiocus, inventor del zoohablador.

Hasta entonces, nuestro prodigioso instrumento
tecnológico parecía pertenecer a la mitología, como
la Atlántida o el Faro de Alejandría. Pero con el
descubrimiento del códex fue finalmente posible (re)
construirlo.

¡En ese momento la historia simplemente cambió!

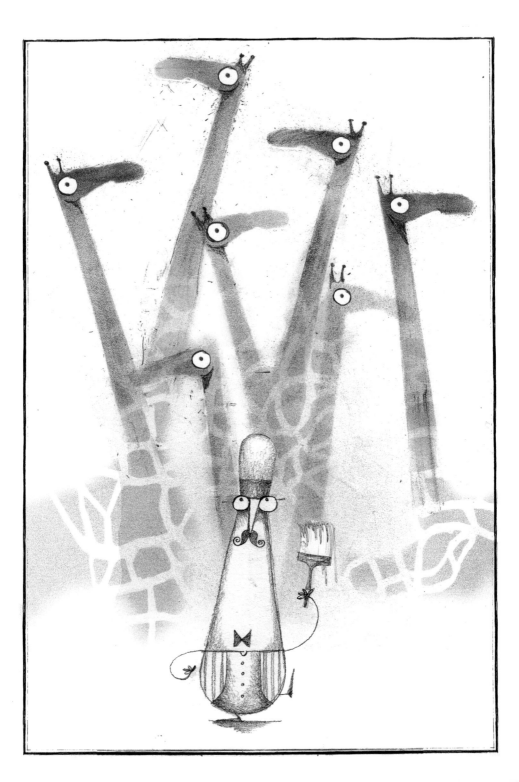

Articiocco, el inventor del zoohablador

El *Códex Moclob* (1848) nos cuenta la vida y las obras de Pico de Articiocus, llamado Articiocco, universalmente conocido como el genial inventor del zoohablador.

Nacido en el valle del río Sharagnapscialaus a finales del s. XVIII, Articiocco crece en la región de Egiongo, donde se dedica con gran éxito a pintarles las manchas a las jirafas (una de ellas ganó el premio Miss Jirafa 1812); seguidamente inicia un viaje por todo el mundo y entra en contacto con pueblos fascinantes, tan misteriosos como sus lenguajes: los cuerdadores del valle de Bettega, los gemebundos de las

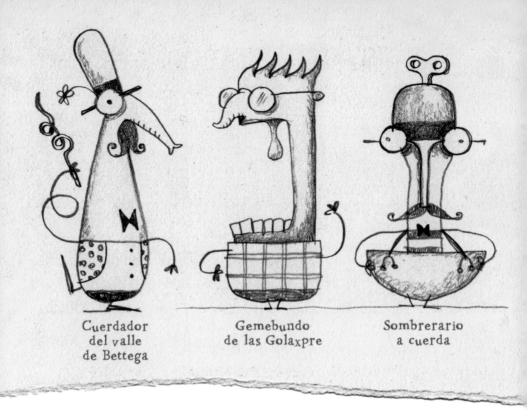

Cuerdador
del valle
de Bettega

Gemebundo
de las Golaxpre

Sombrerario
a cuerda

Golaxpre, los sombrerarios a cuerda del monte Tanalto y muchos otros...

A su retorno a Italia en 1815, Articiocco sólo tiene veintiséis años, pero ya ha aprendido muchas cosas: a tocar *Fray Martín* con la axila, a pegar los mocos debajo de la mesa sin que se le note, a determinar la trayectoria de vuelo de un moscardón ebrio... Pero, sobre todo, Articiocco ha aprendido muchísimas lenguas (se dice que tradujo *Tú bajas de las estrellas* al nepalés mientras estaba en el peluquero).

Precisamente gracias a estos conocimientos, empieza a concebir geniales experimentos científicos que fueron la premisa de su más célebre invención, aquélla por la que entrará en la historia: el zoohablador.

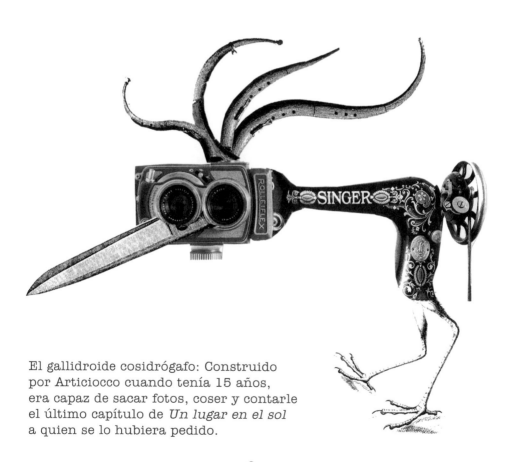

El gallidroide cosidrógafo: Construido por Articiocco cuando tenía 15 años, era capaz de sacar fotos, coser y contarle el último capítulo de *Un lugar en el sol* a quien se lo hubiera pedido.

Encima: Reproducción de la célebre pintura *San Jorgito y el tierno dragoncito* de Serginho de Oliveira (1380 aprox.). Según los estudiosos de la Zoohablador University, probaría la existencia de primitivos zoohabladores ya antes de Articiocco.

Qué es el zoohablador

Antes de continuar, aunque a muchos pueda parecerles superfluo, explicamos brevemente qué es un zoohablador. Para hacerlo recurrimos a la definición contenida en el *Vocabulario Siyalo-Sabía de la ciencia y de la técnica*:

Llámase zoohablador a todo dispositivo apto para traducir bidireccionalmente de una lengua humana a una animal y viceversa.

En otras palabras, el zoohablador es el instrumento que permite comunicarse con los animales, es decir, hablar con ellos. Existen de diversa factura y dimensión, y la evolución de nuestra tecnología ha hecho que los prototipos artesanales de Articiocco, frente a los modelos más modernos, susciten una cierta ternura. Sin embargo, sin aquellos primeros artilugios rudimentarios, de los cuales quedan los diseños contenidos en el códex, la historia no sería la que hoy conocemos.

A la derecha:
Retrato del rey de las gallinas (anónimo), dibujo sobre papel datado en 1450 aprox., que representa al mitológico rey de la tribu subfemoral del Mayor Pollatus. Muchos consideran que el rey se comunicaba con sus súbditos gallináceos mediante un rudimentario zoohablador.

El sireno Sardinio, mitad hombre y mitad arenque, es desde 1970 el emblema de la fábrica de zoohabladores Oliwotten.

Las primeras invenciones
de Articiocco

Cuando era niño, a Articiocco le encantaba encerrarse en su laboratorio para realizar experimentos científicos arriesgados que más de una vez llevaron a resultados catastróficos (como cuando, en una explosión, puso el techo en órbita: actualmente parece estar llegando a Marte). Con solo 15 años, Articiocco diseñó un pararrayos para recargar baterías (pero como no había teléfonos móviles, nadie sabía qué hacer con eso). A los 16 años inventó el billardondo, una especie de billar en el que no había bandas largas y cortas, sino una sola banda circular.

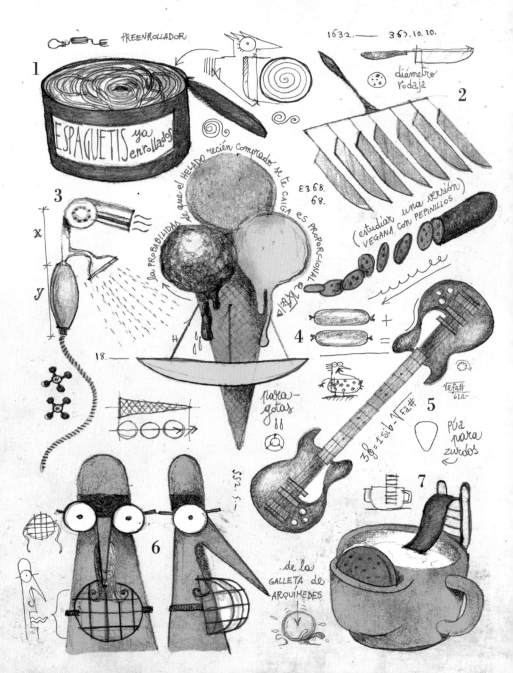

Estudios y apuntes de Articiocco: 1. Espaguetis preenrollados; 2. Corta-salchichón; 3. Ducha-phon; 4. Paragotas para cucuruchos de helado; 5. Guitarra para dúos; 6. Paralengua para evitar chupar cactus (no se sabe por qué nadie debería hacerlo..., pero...); 7. Taza con bolsillo y tobo-

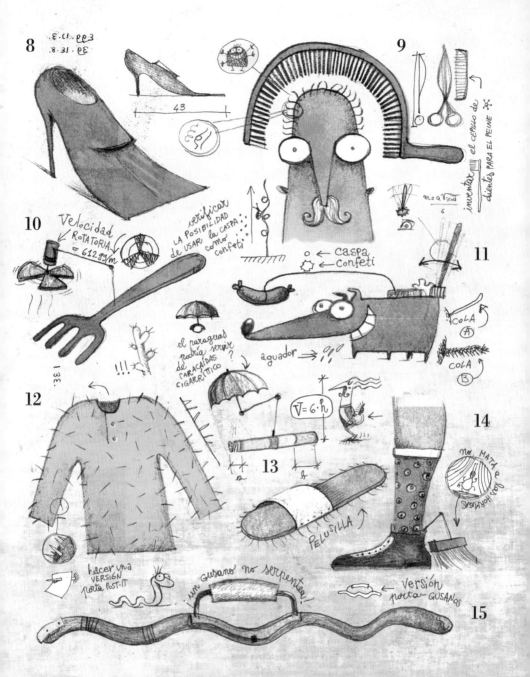

gán para galletas; 8. Zapatos elegantes para bucear; 9. Rapidopeine para perezosos; 10. Tenedor para arroces hirvientes; 11. Can-dínamo; 12. Elegante camiseta-cactus para tipos asociales; 13. Paraguas para cigarrillos; 14. Zapatillas barredoras; 15. Estuche de transporte para serpiente.

Pero esto no termina aquí, porque durante la adolescencia, Articiocco fue un prolífico inventor: zapatos-escoba, paraguas para pipas, plantas carnívoras vegetarianas, espaguetis preenrollados, estuches para serpientes... La imaginación del niño parecía no tener límites. De hecho, Articiocco repetía continuamente:

Siempre hay algo que inventar, y si no hay nada que inventar... ¡tienes que inventar algo!

Un día, mientras mostraba su último invento a la abuela Ada (un agujerearrosquillas a manivela), notó que el gato Tony le tocaba constantemente la pierna con la pata, como diciendo: "Oye,

¿los agujeros de las rosquillas se tiran? Porque me los comería de buena gana, ya sabes...".

Parecía decirlo. Porque en realidad, como todos los animales, no hablaba o, mejor dicho, hablaba, pero en gatés, un lenguaje notoriamente desconocido para los humanos. Y también el gato Tony en realidad tenía problemas para entender el lenguaje humano, tanto que cuando le dijo: "No, Tony, ¡hoy ya te has comido un pescado de 2 kilos! ¡Si sigues así acabarás como un barril!".

La familia de TONY

Tony no lo entendió muy bien. Es más, no entendió nada, y pensó: "¡Ah, eso es bueno! Mi dueño me acaba de decir que no me preocupe, que me dará todos los agujeros de las rosquillas..., sólo que tiene que ponerles un poco de chocolate..., debe de haberme dicho. Así que me siento aquí y espero..., quizá maúlle un poco para darle pena... o igual me echo una siestecilla".

Ese día, Articiocco entendió que la humanidad carecía de un instrumento fundamental y prometió inventarlo.

Los seres humanos carecían del zoohablador.

Dibujos en las rocas
de la cueva de Snarausala
en Bretaña: El hombre y el cocodrilo
parecen comunicarse. ¿Pero es realmente
así? Y si es así, ¿qué están haciendo?
¿Brindan? ¿Y cómo es que el tipo del fondo
empuja un carrito de supermercado?

El zoohablador, entre historia y mito

La idea de poder hablar con animales siempre ha fascinado al hombre. Noé, en el arca, seguramente lo habría necesitado, y si lo hubiera usado tal vez no se habría olvidado del unicornio ni del marioneto. Y aunque Articiocco es el inventor indiscutible del zoohablador, desde la antigüedad no faltan referencias a un instrumento mitológico para hablar con los animales. Sin embargo, entramos en el campo del mito y de la leyenda, nada seguro ni científicamente probado.

MARIONETO MARSUPIAL

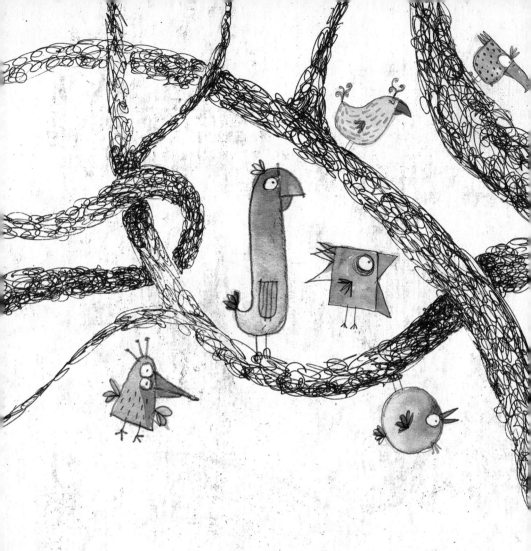

Algunos ateos e incrédulos sostienen, por ejemplo, que el propio san Francisco tenía un zoohablador rudimentario que le permitía hablar con el lobo de Gubbio (y también jugar con él al mus) y con los pájaros y, al parecer, incluso con alguna rana.

Pero existen referencias de antecedentes míticos del zoohablador que pueden rastrearse hasta tiempos mucho más antiguos. Un casco zoohablador, con pico, probóscide, antenas y colmillos aparece representado en las líneas de Nazca, los geoglifos del sur del Perú. Aunque muchos eruditos lo dudan, para algunos sería un zoohablador muy especial que permitiría la comunicación entre hombres y extraterrestres y, según el tío Luigi, ¡incluso entre los hombres y tía Rina!

En conclusión, la historia está llena de referencias legendarias a fantasmales zoohabladores del pasado. Pero un hecho sigue siendo cierto: el único y verdadero zoohablador es el introducido por el genio Articiocco.

A la izquierda:
Grabado que representa a la smorzola, un imitador rudimentario de los chirridos de los gorriones.

En la página siguiente:
Bajorrelieve que representa la gran gallina-mística en la que muchos ven evidencias de un zoohablador ancestral utilizado por los mayas.

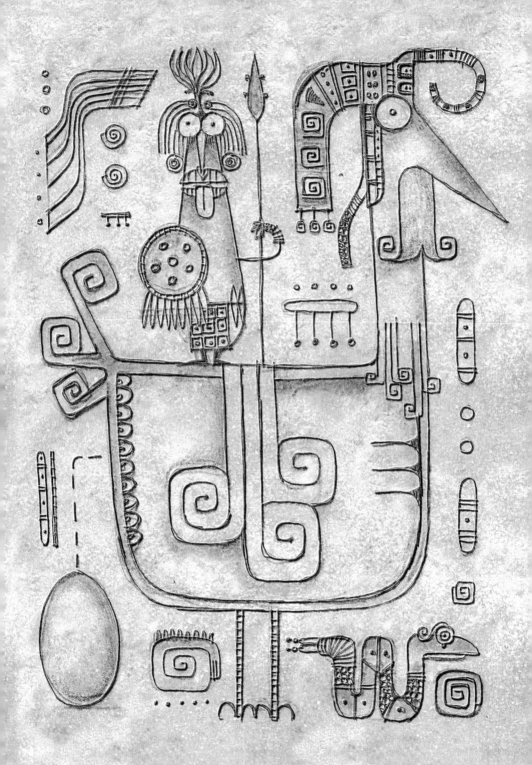

Pl. II.

Los prototipos
de zoohablador

El capítulo IV del códex narra cómo los primeros experimentos de Articiocco se centraron en el intento de comunicarse con los animales después de haberlos hipnotizado (ZOOHABLADOR HIPNÓTICO DE PRIMERA GENERACIÓN). Al principio trató de hipnotizar a las cucarachas para convencerlas de que abandonaran la despensa. El intento fracasó, y durante la noche dieron una fiesta e invitaron a todos sus amigos: hormigas, ciempiés, escarabajos... Fue una noche de juerga (alguien incluso encontró la manera de descorchar botellas de vino) y a la mañana siguiente la cocina era un campo de batalla.

Después de la hipnosis llegó el momento de los experimentos telepáticos (ZOOABLADOR TELEPÁTICO BÁSICO). Articiocco construyó un paraboloide en nembofreno que, de manera idiosincrásica, podría bioestimular la protoamígdala cerebral... En la práctica, se pegó una antena a la cabeza con celo esperando que los pensamientos pudieran transmitirse por el aire como el polen con el viento.

No funcionó.

A la izquierda:
Zoohablador telepático antenoso.

A la derecha:
Zoohablador manual.
Ambos prototipos de escasa funcionalidad.

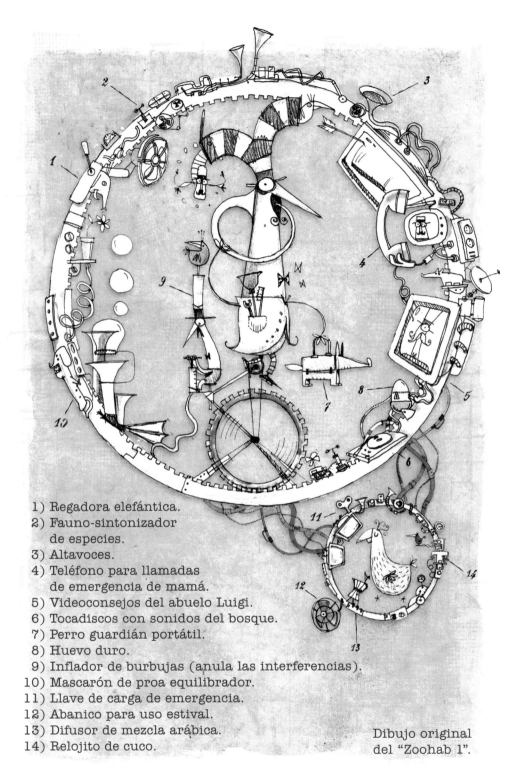

1) Regadora elefántica.
2) Fauno-sintonizador de especies.
3) Altavoces.
4) Teléfono para llamadas de emergencia de mamá.
5) Videoconsejos del abuelo Luigi.
6) Tocadiscos con sonidos del bosque.
7) Perro guardián portátil.
8) Huevo duro.
9) Inflador de burbujas (anula las interferencias).
10) Mascarón de proa equilibrador.
11) Llave de carga de emergencia.
12) Abanico para uso estival.
13) Difusor de mezcla arábica.
14) Relojito de cuco.

Dibujo original del "Zoohab 1".

El "Zoohab 1"

Para que el zoohablador funcionara, se necesitaba algo que ninguna ciencia podría infundir: el deseo de comunicarse.

La idea brillante que llevó a Articiocco a perfeccionar el primer zoohablador en funcionamiento, llamado Zoohab 1, fue capturar ese deseo de comunicación, y lo hizo gracias a su genial experimento: el inventor metió a las personas y a los animales más extrovertidos que conocía en una habitación debidamente equipada. Luego grabó las conversaciones con un magnetotransfuturophone (también de su propia invención). Los primeros sujetos destinados a revolucionar el mundo de la comunicación interespecies fueron: 1. La abuela Ada; 2. El gato Tony; 3. Tía Marta (llamada "Bocina" porque siempre lo gritaba todo a los cuatro vientos); 4. El mirlo Carlo.

En resumen: la grabación obtenida del parloteo de los cuatro fue reducida y compactada por el magnetotransfuturophone, luego amplificada por un gramófono, todo con una frecuencia tal que hace entrar en resonancia el gas contenido en un matraz lleno de gaseosa; las vibraciones obtenidas de este modo se sinto-grabaron en un vinilo de doble columna que, después de una rápida aliteración, se ecualizaron y se enviaron a una salida de audio en corriente zigraneusola (naturalmente simple y sin zambausoles añadidos).

Quizá no todos puedan comprender los matices técnicos de la operación, pero lo importante es saber que el mecanismo funcionó, y en ambas direcciones: los hombres hablaban en lenguaje animal y viceversa.

"¡Eureka!", gritó Articiocco, quien de inmediato se dio cuenta de que había construido una herramienta excepcional.

Y desde ese día cambió la historia.

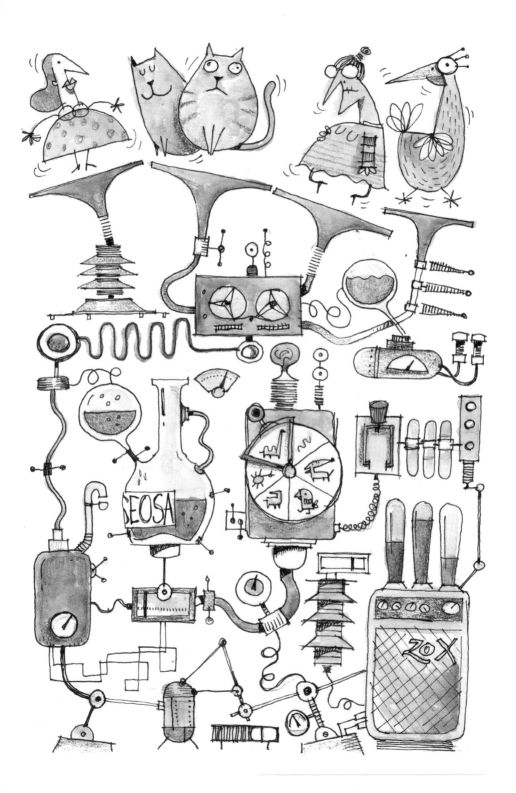

Konrado Lorenzetti, diseñador de zoohabladores y erudito en animales, afirmó no sólo comunicarse con ellos, sino incluso ser la madre
de algunos patitos. Suyo es el célebre poema *Oda al zoohablador*.

Oda al zoohablador

Le gusta al actor / también al doctor

a las abejas en la flor: / el zoohablador.

Regocija al señor / al gato en amor

y al bello buceador: / el zoohablador.

Si no te comprendes / y mal te entiendes,

por ti habla el mejor: / (el zoohablador).

El mundo después de la invención del zoohablador

Cómo fueron las cosas desde la invención del zoohablador, todo el mundo lo sabe, pero un breve resumen sólo puede ayudar.

La posibilidad de poder hablar con animales produjo diferentes efectos en la vida cotidiana. En primer lugar, se descubrió que cada animal tiene su propio carácter y sus ideas (eso quizá ya se adivinaba un poco). Hay perros agradables y desagradables, gatos gruñones y cariñosos, elefantes trabajadores y perezosos.

El carácter de cada animal no depende, por lo tanto, de la raza, y no es correcto generalizar diciendo, por ejemplo, que todos los gatos son vagos y oportunistas: basta pensar en Manchita de la Verja,* que ella sola pintó todas las tablas de la valla que rodeaba el jardín del tío Beppi.

Además de tener un carácter preciso y determinado, los animales demostraron de inmediato que poseían ideas personales, y mientras algunos parecían ser pacíficos, otros eran más combativos y comenzaron a protestar contra ciertos comportamientos humanos que consideraban injustos. Querían ser tratados con más dignidad, trabajar menos, tener derecho a votar y a comer mejor.

El Gobierno Internacional escuchó las propuestas de reforma de los animales, replicando que a más derechos correspondían mayores obligaciones: los gatos no podrían seguir descansando todo el día en la cama de su dueño y tendrían que pagar los daños causados en los sofás con las uñas; las palomas, con estropajos y escobas, tendrían que limpiar todos los monumentos de sus caquitas. En resumen, había mu-

---

* Una de las primeras consecuencias de la propagación del zoohablador fue que los animales quisieron tener un apellido además del nombre.

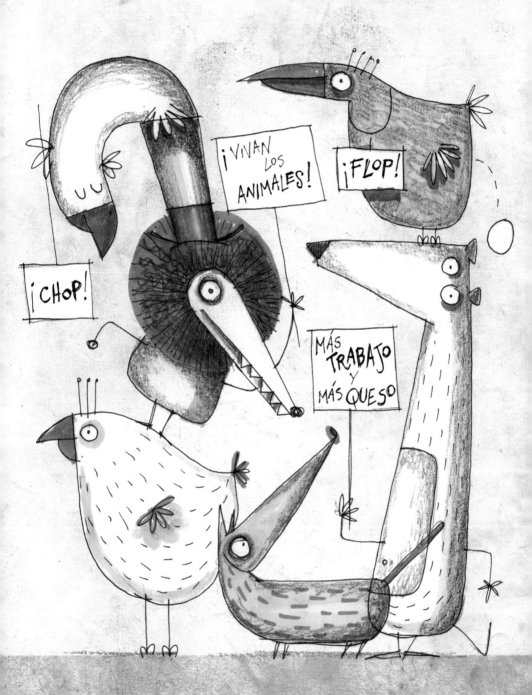

LA VOZ DE LA FAUNA

PERIÓDICO DE NOTICIAS RECIÉN PILLADAS

2 PESETAS

FUNDADO POR SERGIO OLIVOTTI

12 DE ABRIL DE 1960

CUCARACHÓN ELEGIDO ALCALDE

Derrota para Johnny Bejorro y Bartolo Bichobola– Satisfacción detrás de las baldosas del baño
La Bolsa sube – El Presidente Pertini: "Los jóvenes necesitan ejemplos de honestidad"

PRIMERA CUCARACHA DE LA HISTORIA – PRIMERA REFORMA: "BASTA DE FREGAR DEBAJO DE LOS MUEBLES DE LA COCINA"

"Más miel para todos" y "Colmena sólo hay una": los eslóganes de Johnny Bejorro no convencen a los proletarios

También las cucarachas son hermosas para sus mamás

Editorial de la mamá de Sergio Olivotti

chos puntos por aclarar con respecto a los derechos y deberes de los animales. Hubo muchas reuniones: algunos querían que el pienso se fabricara en un tamaño mayor; los hámsteres querían hacer girar más las ruedas; los perros salchicha no querían ser insultados y ahora querían ser llamados "perros cilíndricos"... Al final, después de un debate agotador, se llegó a la Carta Universal de los Derechos y Deberes de los Animales, aceptada por todos los animales excepto por el gato John (*véase* más adelante).

Las relaciones con los humanos se complicaron a veces, pero también trajeron agradables novedades.

Al lado:
El presidente Baubau
y el señor Rossi,
representante mundial
de los carteros,
sellan el histórico
pacto de paz.

Basta pensar en las numerosas actuaciones artísticas humano-animal. ¿Quién no recuerda el dúo de John BauBau Jovi con Frank Sinatra? ¿Y el célebre *Retrato de mujer con serpiente* de Ssssbhiss el Cobra?

A la izquierda: Vivien Leig y Clark Corn
en el set de *Lo que la brisa nos trajo*.

Debajo: Regate de Dieguinho a Chichisalchicho
durante la final de la Copa Intercontinental de 2014.
El partido fue suspendido en el minuto 30 cuando León Ugo,
enfurecido con el árbitro por una falta no pitada, lo devoró.

John, el gato rebelde

El gato John era un gato atigrado, hijo de Pepita y de Castor... o tal vez de Rambo (no existe información fiable sobre su padre).

Todo lo que sabemos de él se debe al testimonio de sus hermanos Grisín y Negruzco, porque John nunca dijo nada. No es que fuera tonto, ni mucho menos: a veces, por la noche, emitía larguísimos maullidos para despertar a todo el vecindario. John no era mudo, pero era un rebelde, y nunca quiso saber nada del zoohablador. Así que los humanos hablaban con él, pero no respondía.

Nunca le había gustado ese invento..., quería su libertad y se preocupaba por las tradiciones.

Algunos no se tomaron bien la elección del gato John. La llamada *Logia de los Zoohabladores* se fundó con el objetivo de convencerlo a él y a otros animales rebeldes para que utilizaran el zoohablador. ¿Qué dirían los animales en secreto? ¿Y si conspirasen contra la humanidad? La Logia de los Zoohabladores quería impedirlo.

A la izquierda: El logotipo de la logia con el lema "Omnia zoablanda zoablatoribus".
Representa el pluriojudo Zebráminos, geómetra místico de la torre de Babel, protector de los fabricantes de zoohabladores.

Retrato de John (con su amigo Pepe Disparahuevos).

Encima:
El célebre pin-toro Pablo Torasso con su amada Françoise (retrato de Robert Capra).

En la página de al lado:
La modelo francesa Gat Mortá, icono de la belleza conocida por sus excentricidades: un gran revuelo causaron las fotos publicadas en *Gato2000*, captadas mientras comía pienso crujiente de mijo para canarios.

El músico de jazz Jack Cigala, invitado del Festival Interanimal de San Remo de 1985. La aceptación de los animales en el evento provocó controversia. El comentario de Pepo Raudo fue lapidario: "Siempre han cantado perros y cerdos, ¿cuál es el problema?".

Los astronautas Joe Caballa y Pepino Mostachino del Apolo XXV. La misión fue exitosa, aunque Mostachino se quejaba a menudo de Caballa: "¡Nunca se calla!".

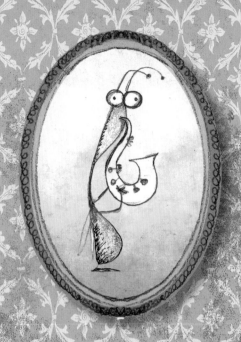

De qué hablan
los gatos

¿De qué hablan los gatos entre ellos?

De tres cosas: de caza, de amor y de territorio.

Los gatos no tienen dificultad para conseguir comida: son cazadores rápidos, inteligentes y hábiles. Pero en general (aparte de Manchita de la Verja y de algunos otros voluntariosos) son bastante perezosos. Por esta razón, prefieren comer mediante la llamada "caza-teatral". Son verdaderos actores (muchos han estudiado en el Gactor's Studio) y cuando ven a una viejecita con bastón de palo, se ponen en modo "caza" y representan una de estas escenas:

1) La escena del gato abandonado, triste y naturalmente hambriento: Primero se lanzan a un arbusto y a un charco para adquirir el aspecto de un gato callejero que no ha comido durante un año y que tranquiliza a las ancianas. Luego, tan pronto como la anciana está al alcance, comienzan a ronronear fingiendo para que los acaricien. Por lo general, la ancianita en este punto saca de la bolsa de la compra algunas galletas o incluso una lata entera de atún.

2) La escena del gato cojo: El gato finge cojear (a veces es cojo de verdad) y luego continúa con la escena del gato abandonado.

3) La tercera escena posible es la del gato filósofo: Ésta funciona especialmente en cercanía de alimentos ya disponibles en el tazón de otro gato, en el tazón de un perro o en el plato de un humano. El gato se sienta, comienza a lamerse una pata, luego mira hacia otro lado, con una mirada meditativa e indiferente, como si tuviera la mente en otro lugar. En realidad, está muy atento a lo que está sucediendo a su alrededor, y tan pronto como ve que los otros están distraídos... ¡zas!, se abalanza sobre el plato, coge la comida y huye a una velocidad cercana a la del sonido.

"¡Se han acabado las croquetas!".

"¿Quieres ser mi amigo?".

"¿Eres un perro?".

"Ahora te araño...".

"¡Qué gata tan gatina!".

"¿Tienes un par de sardinas
para prestarme?".

– Tabla de significados de gestos gatescos –

Cuando los gatos cuentan sus propias experiencias de "caza teatral", siempre exageran un poco: de hecho, en su fantasía, los peces capturados siempre tienen dimensiones ballenoides.

Algunos de los cuentos chinos más desmesurados aparecen cuando hablan de amor, otro gran tema gatuno que se presta a frases como: "Ayer conocí a una gata con pelaje de leopardo que desprendía un maravilloso aroma a arenque podrido... Me enamoré inmediatamente".

O: "Esta noche he salido con un gato hermoso y muy fuerte. Mira, sólo te diré que se ha portado como un león en el circo...".

O también: "¡Ayer, Maullina y yo tuvimos una noche fantástica! La llevé a comer al cubo de la basura de la esquina, luego paseamos bajo la luna y cantamos una hermosa serenata. Hacía un poco de calor, pero afortunadamente a la tercera serenata se abrió una ventana y nos lazaron un buen cubo de agua fresca... ¡Fue tan hermoso!".

El último tema de discusión de los gatos es el territorio. Los gatos marcan su territorio frotando la espalda en las esquinas para dejar un rastro de su olor.

Gato2000 y otras revistas de chismes gatescos (legibles con lentes de contacto zoohabladoras) expuestas en un típico gatiosko.

Sin embargo, la situación catastral (es decir, la división de las áreas de la ciudad de propiedad de cada gato) es un poco confusa y, a veces, contradictoria: por esto, sus discusiones sobre el territorio a menudo conducen a disputas violentas. Pero no hay que preocuparse: los gatos inmediatamente hacen las paces, no les gusta estar de morros... Por la noche quieren poder irse a la cama tranquilos, juntos para protegerse del frío. Tan amigos como antes.

De qué hablan los perros

Los perros suelen tener tres temas de discusión: las razas, la comida y las cacas.

Los nombres que los perros dan a sus razas no son los que les damos nosotros: no saben qué es un pastor alemán o un labrador. Para ellos, las razas principales son: 1) RASOCANES: Perros con el vientre que les toca el suelo; 2) LANASCANES: Perros que no se sabe en qué lado tienen el trasero porque están llenos de pelo por ambos lados; 3) FLACANES: Perros que parecen haberse atascado en la puerta del ascensor de tan delgados que están; 4) NOSECANES: Perros mezclados que no se sabe de qué raza son; 5) TUFOCANES: Pe-

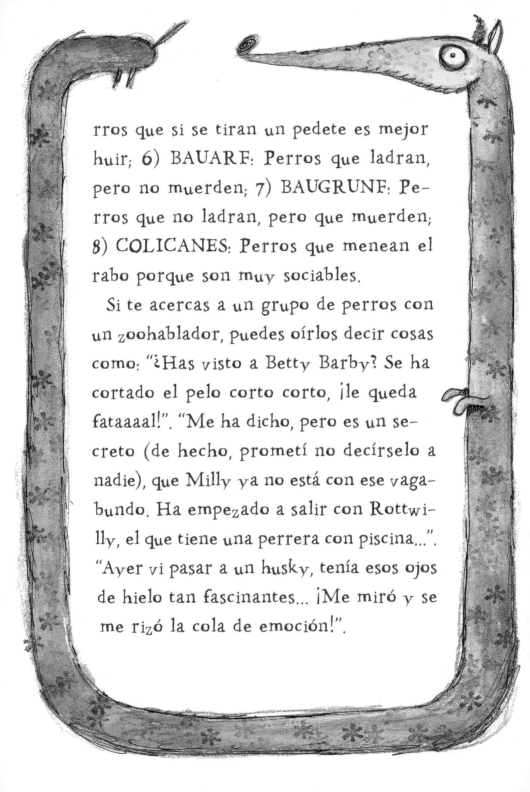

rros que si se tiran un pedete es mejor huir; 6) BAUARF: Perros que ladran, pero no muerden; 7) BAUGRUNF: Perros que no ladran, pero que muerden; 8) COLICANES: Perros que menean el rabo porque son muy sociables.

Si te acercas a un grupo de perros con un zoohablador, puedes oírlos decir cosas como: "¿Has visto a Betty Barby? Se ha cortado el pelo corto corto, ¡le queda fataaaal!". "Me ha dicho, pero es un secreto (de hecho, prometí no decírselo a nadie), que Milly ya no está con ese vagabundo. Ha empezado a salir con Rottwilly, el que tiene una perrera con piscina...". "Ayer vi pasar a un husky, tenía esos ojos de hielo tan fascinantes... ¡Me miró y se me rizó la cola de emoción!".

A veces, sin embargo, cuando tienen poco tiempo y van corriendo, los perros no hablaladran, sino que simplemente menean el rabo. Por esta razón, se están estudiando varios prototipos de rabohabladores, capaces de traducir el idioma del meneo de rabos al humanés.

Los perros también hablan mucho sobre la comida, dicen cosas como: "Mi dueño es el mejor cocinero del mundo. ¡Siempre me prepara unas albóndigas un poco duras, pero con un sabor muy delicado!".

Y responden cosas como: "¡Eres un chucho callejero! No son albóndigas... Son croquetas, las sacan de la caja".

O: "¿Me pasarías la receta para preparar tortilla de gato?".

Pero el tema más apreciado por el mejor amigo del hombre es la caca (y los pedos). Entonces es cuando se encienden los discursos:

"Ayer me tiré uno silencioso pero mortal. Mis dueños tuvieron que salir de la casa corriendo, como si hubiera sonado una alarma antiaérea".

"No tengo privacidad cuando hago caca: mi dueño siempre se queda allí mirándome... y a mí me da vergüenza y no puedo..., pero ayer me dejaron solo en casa e hice una de un kilo en la alfombra".

"No es por jactarme, pero la mía huele a repollo hervido y a rata muerta: ¡delicioso!".

"Es importante taparla muy bien después de haberla soltado: esto está lleno de ladrones de caca".

La pinacoteca. Se exponen: *Ocaso con gato*, la última pintura de Jack Aletadeoro; *Gato mezclado* de Palombo Pececino; *Le déjeuner sur la mer*, de Édouard Squalet.

De qué hablan
los demás animales

Hemos visto perros y gatos, pero ¿de qué hablan otros animales? Los peces de colores, los hámsteres, las arañas, las gallinas, las ovejas: ¡todos tienen algo que decir!

Empezando por los peces de colores, parece que no son de muchas palabras; de hecho, son bastante mudos, como... como... (no sé, no encuentro una comparación). Pero por otro lado, son grandes artistas: cantan y pintan. Cantan canciones como *Te amo y te pesco*, *Agua en la boca*, *Mantente alejado de los anzuelos*... y pintan paisajes surrealistas, que parecen pintados a través de un objetivo de ojo de pez. La pintura más famosa de los peces es la última pintura de Jack Pinnadoro (la última porque en cuando terminó de pintarla desapareció... ¡misteriosamente!).

Las ovejas son muy sociables. Hablan mucho y les gusta salir juntas a beber, sólo que cuando van al Bar Puralana siempre terminan preguntando: "¿Cuántas cervezas pedimos? Somos 1, 2, 3...", y se quedan dormidas. Sin embargo, las ovejas son animalitos serios: si consiguen estar despiertas y beber, luego de regreso conduce el perro pastor, que es abstemio. Cuando al día siguiente les preguntas cómo fue la noche, ellas responden: "Bieeeen..., bieeeen...".

Las gallinas siempre se pelean:

—¡Hoy he puesto un huevo tan redondo que parecía hecho por Giotto!

—¡Vamos, cállate, gansa!

—¿A quién le has dicho gansa, eh? ¡Cerebro de gallina!

O se burlan de los pollos que creen que pueden volar (siempre hay uno en cada gallinero):

—Hoy volé hacia la valla...

—¡Ja, ja, ja! ¡Ya tenemos aquí al nuevo Barón Rojo!

En cambio, las golondrinas siempre cuentan sus viajes y el precio del alquiler de los nidos en la Riviera Francesa.

Las arañas hablan de ciencia de la construcción:

—No te ofendas, pero en la última telaraña que hiciste, vi que estirabas un hilo hiperspático y con el ángulo incorrecto.

—Sí, la isostática podría haber sido mejor, pero ya sabes cómo son las prisas.

Los mosquitos..., bueno, a menudo están borrachos:

—Me he bebido ¡HIC!... un buen... ¡HIC!... Mario del 78... ¡HIC!... Maravilloso *vintage*... ¡HIC!

Los hámsteres, siempre con sobrepeso, hablan de dietas y gimnasia:

—¡Hoy en el gimnasio giré en la rueda durante tres horas!

—Sí, ¡pero es inútil si luego te soplas dos kilos de pistachos como anoche!

Las hormigas son marciales:

—¡Debemos conquistar la despensa! ¡Por la patria y por la gloria!

—¡Señor, sí, mi capitán!

Pero tienen el gran problema de que todas se parecen un poco:

—¡Roberto, te he dicho mil veces que no te pegues tanto a mí cuando caminamos! ¿Es que estás sordo?

—No, yo soy Luigi, no Roberto...

Los camaleones se buscan constantemente:

—Marco, ¿dónde estás?

—¡Estoy aquí! Cerca de la nevera, ¿cómo no puedes verme?

Los búhos están preocupados: "Hace ya unas cuantas noches que no pego ojo...".

Cada uno tiene sus problemas.

Encima: El profesor Staaltupöst con la gallina Cocopepé,
delegada de 5.°C. En la página de al lado una redacción:
Se sabe que las gallinas están dotadas de un cerebro "fino".

TEMA

Explica tu día
gallinesco

Hoy mi tía Batehueva ha llegado
de Rusia donde dice
que hay gallinas que saben volar
y que ponen huevos de
oro decoradísimos.

Dice también que el
sol en realidad es
"La gran Yema" y que respeta
a la naturaleza.

A mí la tía Batehueva
me parece simpática
porque me habla siempre
de lo más exquisito.

5= ¡ESCRIBES COMO
UNA GALLINA!

Los smart-zoohabladores y el futuro del mundo zoo-humano

Como todo el mundo sabe, hay diferentes tipos de zoohabladores en el mercado hoy en día. Podemos encontrar zoohabladores ventrílocuos y zoohabladores telepáticos de alta tecnología (sin los problemas técnicos de los prototipos de Articiocco). Pero también hay zoohabladores a cuerda, a baterías solares y a microondas cerebrales. Por supuesto, los precios cambian.

¡Hay zoohabladores de diseño (los que tienen la marca registrada de la pera en dulce en el dorso, para ser claros) que también pueden costar un ojo de la cara!

La última generación de zoohabladores, llamada "smart", ha evolucionado considerablemente. Hoy en día existen algunos que permiten conversaciones entrelazadas (chats) entre más de 100 especies diferentes de animales; zoohabladores con aplicaciones accesorias que pueden conectarse con animales que están muy lejos de nosotros; e incluso hay zoohabladores-cocineros que pueden ayudarnos en la cocina a preparar platos para todos los gustos: ¿qué hacer si viene a cenar un amigo abogado, su perro Chuf Tufillo y Pinolo, su amigo vegano? El zoohablador-cocinero lo sabe. En un dos por tres es capaz de preparar un delicioso rollito de hojas de lechuga en un lecho de galletas Kit-Guau con migas de pan de mijo.

Los animales y las personas se comunican cada vez más a través del zoohablador, y han olvidado cómo lo hacían antes: los gatos ya no se frotan en las piernas de los dueños para pedirles comida, y luego, si los acaricias, no ronronean, porque tal vez están hablando por el chat con una jirafa conocida; los perros no menean la cola para decir que son felices; los peces de colores cantan las canciones de Jonny Anchoa durante todo el día, tanto que los vecinos a menudo se quejan; cuando intentas que las hormigas se vayan de la cocina, no cooperan: improvisan una sentada y

mirándote con suficiencia te dicen: "¡Vale ya, tío, que esta cocina es tan nuestra como tuya!".

Ha pasado mucho tiempo desde que el zoohablar todavía era considerado un hecho increíble y maravilloso:

"¡Qué formoso es zoohablar! Puedes hacerlo en invierno, y puedes hacerlo en año bisiesto, y puedes hacerlo si has yantado pechuga aviar, sí, hagas lo que hagas puedes zoohablar".

Códex Moclob, cap. III, 25

Hoy en día, en las escuelas hay clases mixtas multianimales. Las asignaturas son:

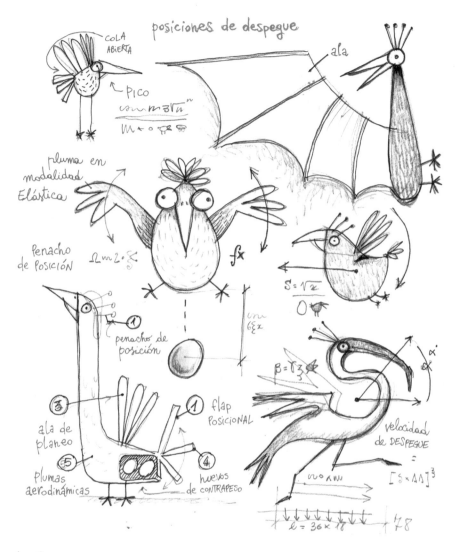

posiciones de despegue

COLA ABIERTA

PICO

pluma en modalidad Elástica

Penacho de POSICIÓN

penacho de posición

flap POSICIONAL

ala de planeo

plumas aerodinámicas

huevos de CONTRAPESO

ala

velocidad de DESPEGUE

1. GEOMETRÍA DE LAS TELARAÑAS.

2. TÉCNICAS DE VUELO DE PLANEO.

3. HISTORIA HUMANA, DE LOS PECES A LOS REPTILES.

4. MENEO DE RABO AVANZADO.

5. TÉCNICAS DE DEFENSA PERSONAL CONTRA LAS PULGAS.

También se ha descubierto que en ciertos trabajos los animales son mejores: los mejores pilotos aéreos son las tortugas; los mejores grabadores de sonido los loros; los mejores ferris las ballenas (Geppetto no fue tragado: la ballena era un taxi).

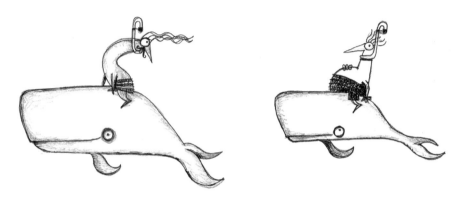

En resumen, el hombre y todo el mundo animal han recorrido un largo camino desde la invención del zoohablador. Ahora la comunicación parece fácil, ¡incluso tenemos herramientas interespecies para hablar! Pero...

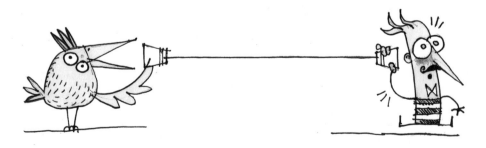

...pero los ancianos recuerdan con un poco de nostalgia cuando no había herramientas tecnológicas para comunicarse con los animales: sólo observaban cómo movía la cola su perro o cómo ronroneaba su gato para comprender que todos estaban felices.

Porque para entenderse y hablar, no son necesarios smart-zoohabladores o tecnologías extrañas: sólo hay que querer encontrarse.

LA BALADA DE LA SERPIENTE-TE

Canción de un reptil tartamudo debido a la lengua bífida

Llega la serpiente-te
larga, lisa y fuerte-te.
No le tengas miedo-do
no quiere comerte-te.
Busca a un amiguete-te
que es un buen bichete-te
con quien la serpiente-te
hace un bailete-te.

Llega la pitón-ton-ton
es un juguetón-ton-ton
dará un gran fiestón-ton-ton
con la serpiente-te.
Y si tiene hambre-bre
no le des fiambre-bre
dale un cacahuete-te
a la serpiente-te.

NO LE DES SORBETES SI NO
QUIERES VER CHURRETES-TES
NO CHUPA CHUPETES,
QUIERE SÓLO CACAHUETES-TES

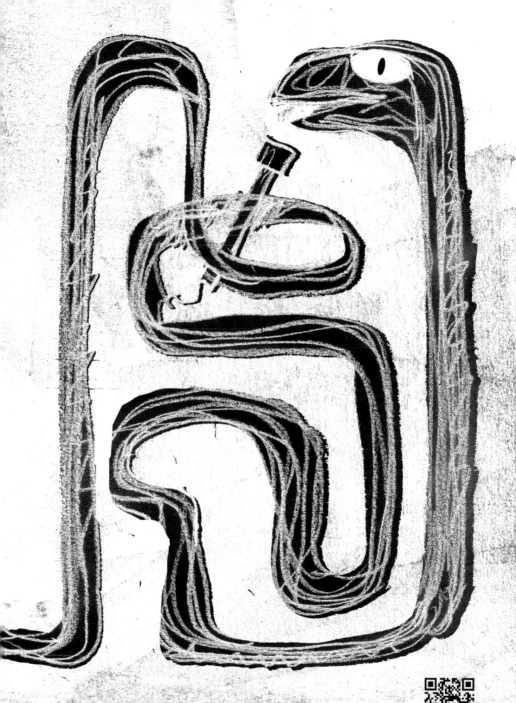

A Pachamama.
Gracias a Gioele "Jyoel".